흐르는 강물처럼

스쳐가는 바람처럼

목적지 없이 실아온 삶 속에서도

누군가에게 작은 희망을 줄 수 있는 존재가 되고 싶습니다.

일상의 소소한 순간들 속에 떠오른 생각들을 엮었습니다.

저의 이야기가 누군가에게는 휴식이 되길 소망합니다.

바람이 부르는 곳

이상현 지음

FOREST
WHALE

목 차

1부
일상에 부는 바람

2부
바람 따라
감정을 향해 걷다

1부

일상에 부는 바람

| 바다

바다를 가게 되는 일이 간혹 생기면
근처에 앉아서 바다를 보며
파도 소리를 한참 동안 듣곤 했다.

가만히 앉아서 듣고 있다 보면
바다가 나에게 목소리의 형태 대신
파도 소리로 속삭여주는 듯한 기분이 들며
머리가 맑아지고 가지고 있던 불안이나 걱정들이
없어지는 듯한 느낌을 주는듯해서 그렇게 앉아있었다.
어떤 큰 걱정거리를 안고 있거나
안 좋은 상황에 처해있다고 하더라도
저 먼 지평선을 보고 있노라면
모든 걸 포용해 줄 수 있는
어머니의 품이 떠오르기도 했다.

마치 바다가 나를 안아주는 듯한

그런 고요함 속에서

나도 언젠가는 그런 존재가 될 수 있을까

생각해 본다.

| 숲

나무가 울창한 숲에 앉아서
눈을 감고 귀를 기울이면
여러 소리가 들려오는 걸 알 수 있다.

새들이 지저귀는 소리
바람이 불어오는 소리
곤충들이 우는소리

이런 소리를 듣고 있다 보면
바쁜 일상에서 잠시 벗어나
평화로움과 안정감이 느껴지고
몸이 편안해지는 기분이 든다.
숲의 자연적인 소리와 풍경, 신선한 공기 등이
심신을 안정시키고 긴장을 풀어주기 때문일까

구름 한 점 없이 맑은 날에는
종종 숲속에 있고 싶을 때가 있다.

| 놀이공원

아이들이 가고 싶은 장소를 뽑을 때
항상 상위권에 자리 잡고 있는 놀이공원은
아이들뿐만 아니라 어른들도 많이 가게 되는
장소가 아닐까 싶다.

아이일 땐 아이답게 가서 신나게 즐기고
어른이 되고 난 후엔 아이들을 키우는 보호자가 되어
아이와 같이 놀아주며 시간을 보내게 된다.

나는 서울대공원에 있는 서울랜드나
잠실에 있는 롯데월드를 번갈아 가면서 갔었는데
가격도 서울랜드가 조금 더 싸고
산책하기 좋은 대공원까지 있어서 그런지
서울랜드를 좀 더 자주 갔었던 기억이 난다.

아이들의 꿈과 희망이 넘치는 장소라고 할까
그 당시엔 놀이 기구를 타기 위해 줄을 서며
기다리는 긴 시간마저도
즐거울 정도로 흥분을 감추지 못하고
차례를 기다렸던 기억이 있다.

하지만 어른들의 입장에서
가보게 되는 놀이공원의 느낌을 물어봤을 때
공통점은 사람들이 많아 시끄럽고 혼잡하며
놀이 기구를 타기 위해 줄 서서 기다리는데
대부분의 시간을 보내고 돌아온다는 말이 많았다.

그 당시의 동심을 잃어버렸기 때문일까?
아니면 이제 시간이 흘러 현실을 깨닫고 나서
감정이 무뎌졌기 때문인 것일까

아마 다시는 그 당시 어린아이였을 때의 마음을
느껴볼 수 없겠지.

| 화초

어머니는 집에서 화초를 키우시는 걸 좋아했다.
직접 구매하기도 하고 선물로 받아오기도 했기 때문일까
집에는 항상 여러 종류의 화초가 있었고
가끔 시들어 죽는 게 생기더라도
화초가 줄어드는 경우는 없었다.

나는 그쪽에는 취미가 없었지만
화초가 있는 것만으로도 집 안의 분위기도 살고
공기도 정화를 해주는 점이 괜찮아 보였다.
가끔 어머니에게 화초를 선물하기도 했는데
몇 년 이상을 계속 죽지 않고
나무처럼 잘 자라는 것을 보면
신기한 느낌마저 들었다.

꾸준한 관심을 주면 무럭무럭 자라는 화초처럼

사실 사람도 비슷하지 않을까

혼자서 살아갈 수 없는 점과

꾸준하게 타인의 관심을 받아야

생존을 유지할 수 있다는 것

어떻게 보면 새로운 화초를 키운다는 것은

인간관계에 있어서 새로운 사람과의

만남이라고도 볼 수 있을 것이다.

| 가로등

요즘은 늦은 밤이라도
길마다 가로등이 잘 설치돼 있어서
칠흑 같은 거리의 어둠을 밝혀준다.

가로등은 누구를 기다리고 있는 걸까
그렇게 환하진 않지만
은은하게 빛나는 가로등은
아무도 알아주지 않더라도
묵묵히 그 자리에서 빛을 내고 있다.

가끔 불빛을 보고 찾아오는
곤충들만이 가로등의 친구인 것일까

오늘도 밤하늘을 밝히는 가로등은

별이 되지 못한 채

사람들의 마음을 밝혀주며 빛나고 있다.

| 편지

지금은 스마트폰을 비롯한
각종 전자기기의 발달로
편지를 쓰는 사람들이 많이 줄어든 상황이다.
예전에 편지를 쓰기 위해서 인사말이나
격식을 갖춘 언어, 필체 등을 어떻게 쓸지 고민하면서
신중하게 글자를 적었는데
요즘은 이메일이나 인스타그램 같은
소셜 미디어 등의 발달로
점점 손으로 무언가를 직접 적을 필요가
없어지게 되었다.

기술의 발달로 생활은 훨씬 편리해졌지만
그때 편지를 쓰던 때의 감정이나 감동은
더 이상 느낄 수 없게 되었다.

그리고 스마트폰을 통해서 언제 어디서도
내용을 바로 확인할 수 있지만,
실물로 기록물인 편지를 다시 볼 때의 감회는
더 이상 존재하지 않는다.

앞으로 시간이 지날수록 무언가를 적는 일이
줄어들 것 같은 예감이 든다.

| 물

사람의 신체 구성 성분 중
70%가 물로 이루어져 있을 정도로
살아가는 데 있어서 물은 중요한 필수 요소이다.
자주 먹어야 혈관 질환 예방이나
피부, 체중 감량 등에 좋은데
어째선지 커피 같은 건 먹더라도
물은 하루 한 모금도 마시지 않을 때가 많았고
이상하게 손이 잘 가지 않았다.

그저 생존에 필요한
최소한의 양만큼만 먹은 셈이다.

하지만 요즘엔 하루 두세 잔씩은
꼭 먹도록 신경 쓰고 있다.

물을 안 주면 죽어가는 화초처럼

나도 시들어 갈 순 없기에.

| 여름

해가 바뀌고 여름이 올 때마다
점점 더워지고 버티기 힘들다는 생각이 든다.
실제로도 지구 열대화 시대라며
지구 온난화를 넘어선 기온 급상승 현상을
상징적으로 표현한 용어가 생겼다고 한다.

추위엔 약하고 더위엔 강한 편이라고 생각했던 내가
이젠 그런 말을 자신 있게 꺼내기도 민망해진 기분이다.

안 그래도 모기와 각종 벌레들과의 전쟁으로
힘겨운 시간을 보내야 하는 계절인데
역시 자연 앞에서 인간은 겸손해야 할 필요가 있다.

| 감기

감기나 비염과는 내가
별 연관이 없다고 생각한 적이 있었다.
한국에 700만 명이 넘게
알레르기 비염 진료 인원이 있다고 하는데
나는 비염은커녕
감기도 1년에 한 번도 안 걸리는 몸 상태를
한동안 몇 년 넘게 유지했기 때문에
앞으로도 '안 걸리려나 보다'라며
대수롭지 않게 지냈었던 것 같다.

하지만 역시 그것은 나의 착각이었다는 걸
머지않아 깨닫게 된다.
시간이 흐르며 면역력이 약해진 게 원인이 아니었을까

평소에 손을 자주 씻고
얼굴에 손을 가져다 대면 안 되는 것 등
감기 예방에 충실하고
건강한 몸을 유지하면서 운동을 한다면
감기나 비염도 앞으로 덜 걸릴 수 있을 것이다.

| 마스크

코로나로 인해
굉장히 많이 팔리게 된
품목 중 하나이다.
한창 마스크 대란일 땐
약국에서 신분증을 내고
한 장에 1,500원인 KF 마스크를 사기도 하고
마스크를 하지 않은 상태라면
가게에 들어가지도 못하고, 대중교통을
이용조차 하지 못하는 시기도 있었다.
원래는 미세먼지가 심할 때 쓰거나
독감에 걸리거나 했을 때 쓰던 마스크였는데
이제는 몇 년 동안 너무 오래 끼고 다니다 보니
거의 패션의 일종이 되었다.

지금은 마스크 의무화가 풀려서
하고 다닐 필요가 없지만
아직도 나는 마스크를 자주
쓰고 다니고 있다.

미세먼지나 감기 예방 목적도 있지만
얼굴을 감싸는 뭔지 모를 안정감이
익숙해진 건 아닌가 싶다.

| 비문증

실 같은 검은 점이나 거미줄, 그림자 등이 눈앞에
떠다니는 증상을 비문증이라고 한다.

고등학생 때는 점이 한두 개 정도 떠다니는 정도였는데
라섹 수술 후 시간이 꽤 지난 지금은
점이 일곱 개 정도로 꽤 늘어난 상태가 돼있었다.
이 증상은 꽤 신기한 점이 있는데
다른 곳을 집중해서 쳐다볼 땐 잘 안 보이다가
하늘이나 새하얀 배경 등을 보게 될 때
유독 뚜렷하게 시야에 비친다.

뭔가 마주치기 싫은 불편한 진실과도
꽤 닮아있지 않냐는 생각이 들었다.
머리로는 그걸 알고 있지만
애써 외면하고 있는 그런 사실.

| 치과

몸이 아플 때 병원을 거부감 없이
자주 갈 수 있는 사람이라고 해도
치과는 어쩐지 가기 꺼리는
사람들이 꽤 있는 걸 주변에서 볼 수가 있다.

왜 그럴까 하고 생각을 해보니
누구나 어렸을 때 치아를 뽑은 경험이 있었을 텐데
치과에 가서 이를 아프게 뽑았던 기억이
트라우마 형식으로 신체에 각인이 되어
시간이 흘러도 거부감이 남아있는 것 같았다.

지금은 1년에 한 번 정도 주기적으로
스케일링을 하러 치과에 가곤 하지만
나한테도 그 거부감이
마음 한구석에 아직 자리 잡고 있는 것 같다.

| 등산

산이랑은 거리가 먼 삶을 살았던 것 같다.
컴퓨터, TV 등 전자기기를 가까이하며
'올라가기도 힘든 산을 왜 고생하며 오르는 걸까'라는
생각으로 살았었는데
시간이 지나고 보니
전자기기 화면으로만 봐서는 느낄 수 없었던
실제 장소에서 눈으로 보는 자연의 아름다움과
향기, 분위기 같은 것들이
'직접 산을 올라야지만 몸으로 느낄 수가 있었구나'
라고 깨닫게 되었다.

그래서 등산하러 가면

어르신들이 항상 많았던 건

'이런 이유 때문이지 않았을까'라며

마음속으로 추측을 해보고

나도 그들 틈에 섞여 산을 오른다.

| 인형

나에겐 인형을 모으는 취미는 없지만
집에는 인형이 항상 두세 개 정도는
있는 상태를 유지하고 있다.

인형을 돈을 주고 구매를 해서
모으는 형식이 아니라
가끔 길을 지나가다가 눈에 보이는
인형 뽑기 기계를 통해서
재미로 한 개씩 뽑아서 가져오다 보니
이렇게 된 것이다.

좀 많아진 거 같다 싶을 땐
주변 사람들에게 나누어 준다.
특히 아이들에게 줄 때

좋아하며 해맑게 웃는 표정을 보니

나까지 즐거워지는 마음에

인형을 한 개씩 집으로 가져다 두는 건가

하는 기분이 들었다.

| 기차

기차를 탈 때만의 설렘이 있다.
이건 비슷하게 생긴 전철을 탈 때는 생기지 않는다.
전철은 일상에서 출퇴근 용으로 타거나
짧은 거리를 이동하기 때문이 아닐까

내일로 티켓이라고
5일이나 7일 동안 KTX 등을 제외하고
무제한으로 기차를 탈 수 있는 티켓을 사서
절친한 친구와 여행을 많이 다녔었다.
최대한 시간을 활용하기 위해
새벽에 이동시간에만 자거나
먼 거리를 이동할 때 수면을 취했었다.
기차 안에서 먹는 삶은 달걀 같은 음식들은
유독 맛있게 먹었던 생각이 난다.

하지만 지금은 기차를 탈 때도
여행이 목적이 아닌 제사 같은 걸 위한
이동에 중점을 둔 일정이 많아져서인지
예전과 같은 설렘은 들지 않았다.

| 하늘

정신없이 바쁜 삶을 살아간다고 하더라도
가끔 한 번씩은 하늘을 올려다보라는 말이 있다.
자신에게 안 좋은 일이 생긴 상황이거나
기분이 좋지 않을 때
'차라리 비라도 내렸으면 좋을 텐데'라는 심정으로
하늘을 보면 그때마다 날씨는
지나치게 화창했다.

반대로 오랜만에 모처럼
어디에 놀러 간다거나
여행 계획을 잡았는데
가는 날이 장날이라고
하늘에 구멍이 뚫린 것처럼 비가 내리거나
번개를 동반한 강한 소나기 등이
내릴 때가 일상다반사였다.

하지만 뭐 어떻게 하겠는가

보통은 당일 취소가 안되거나

된다고 해도 수수료가 많이 들기 때문에

울며 겨자 먹기식으로 날씨가 안 좋아도

그대로 우비를 입고 출발을 했었는데

비가 오고 있을 때 떠나는 여행도

나름 운치가 있고 괜찮다고

스스로 암시를 걸면서

돌아다니곤 했었다.

그렇지만 역시 여행은

날씨가 화창할 때 가는 게 훨씬 좋을 것이다.

| 시계

시계 소리는 의식을 하지 않고 있을 땐
소리가 나는지도 모를 만큼
안 들리는 것처럼 지내다가
유독 잠이 들 때쯤 깊은 저녁이 되면
엄청나게 크게 들리곤 한다.
어떨 땐 시계 소리가 너무 시끄러워서
잠에 들기 힘들 때도 있었다.

지금은 무소음 시계들이 많이 나오기도 했고
스마트폰이 시계와 알람 등의 역할을 하게 돼서
그런 일들이 없어지게 됐지만
예전에 똑딱이던 시계 소리가 가끔
생각나는 밤이 있다.

| 커피

학생 때부터 커피를 자주 마시진 않았던 것으로 기억한다.
그때는 어른들이 맥심 같은 커피나
캔 커피 등을 매일 여러 번 마시는 걸 보고
'저 쓴 게 맛있나? 왜 계속 먹지?' 같은 생각을 했었는데
시간이 지나고 보니 어느새
커피 없이는 하루를 버티지 못하는 나를 발견했다.

그 사람들은 먹을 수밖에 없는 것이었다.
먹지 않으면 너무 졸려서 일을 하는데
지장을 초래하고 머리가 무겁기 때문에
커피에 든 카페인의 효과로 잠을 쫓아내야
일을 좀 더 원활하게 할 수 있기 때문이다.
일에 지치고 삶에 지친 사람들에게

종이컵에 타 먹는 믹스커피나 작은 캔 커피 한 캔은
일을 하면서 느낀 피로와 답답함, 한숨 등을
그 안에 털어내어 같이 섞어서 먹게 되는
그런 의미를 가지고 있었다.

오늘도 아마 수많은 사람이
이렇게 커피를 마셔가며
소소하게 마음의 위안을 찾으려 하겠지.

| 여행

오랜만에 어디로 여행을 떠나거나
먼 곳으로 가게 될 일이 생기면
가기 전에 항상 즐거운 마음으로
짐을 열심히 싸고는 했었는데
나는 이것저것 챙기는 타입이다 보니
유독 다른 사람들에 비해서 가방이 크거나
넣을 물건이 많았었다.

그렇게 짐을 다 챙기고 떠나게 되면
예상하지 못했던 일이 생기거나
계획했던 방향과는 어긋나게 되는 일이
발생하게 되는데
이런 상황을 조심해야 한다.
'함께 여행을 가보면 그 사람에 대해 잘 알 수 있다'

라는 말이 있듯이
좋은 사람을 연기하려고 하는 사람이더라도
자기도 모르게 자연스럽게 나오는 행동까진
숨기기 어렵기 때문이다.
이 점은 여행의 일정이 고단할수록
좀 더 뚜렷하게 나타나게 된다.

혼자 떠나는 여행이라면 상관없겠지만
여러 명이 가게 될 경우엔
서로 양보하고 배려를 하면서
타협점을 찾아 집에 돌아갈 때까지
그걸 유지한 채로 이어나가야 한다.

| 별

밤하늘의 별은 항상 밝게 빛나고 있지만
주변이 만약 어둡지 않았다면, 그걸 알지 못했을 것이다.
아침에는 하늘을 봐도 별이 보이지 않듯이
별은 어둠이 함께 해야만 빛을 낼 수 있다.

저 하늘의 별처럼
내 마음에도 별을 품고 살 수 있지 않을까
어둠이 함께한다고 해도,
살면서 가야 할 방향을 잃거나
길을 잘못 들게 되어 방황한다고 해도
내 안에 있는 별을 이정표 삼아
다시 빛나는 곳으로 돌아올 수 있다면
너무 늦어버리지 않게.

| 우산

사람들이 가장 잘 잃어버리는
물건 중의 하나가 우산이 아닐까?
특히 비 오는 날 들고 나갔다가
돌아올 때쯤엔 그쳐서
전철이나 버스에 놓고 내리거나
식당 같은 곳에 두고 오는 상황으로 인해서
유독 분실률이 높다고 한다.
그러고 보니 나도 우산을 잃어버린 적이
몇 번 있는 것 같았다.

비가 올 땐 급하게 찾다가
비가 그치고 나면 그 쓸모를 다해
언제 내가 들고 있었냐는 듯 빈손으로
가볍게 돌아간다.

사람들이 자주 잃어버려

버림을 받게 되는 우산은

어떤 마음으로 사람들의 비를 가려주는 것일까

오늘은 우산에게 고마운 마음을 가져본다.

| 미용실

스스로 머리를 자르거나 누가 잘라주지 않는 이상
누구나 미용실을 가서 머리를 자르며
생활을 해 나가야 한다.
난 주기적으로 한 달에서 두 달 사이쯤 간격으로
미용실을 방문하곤 했었는데
이게 체감상으론 꽤 짧게 느껴졌던 적이 있어서
'장발을 해볼까?' 하고 생각했던 적이 있었다.
생각만으로 그치고 실제로 장발을 하진 않았지만
머리가 긴 사람들의 관리 방법을 들어보면
'굉장히 손이 많이 가겠구나'라는 생각이 들기도 하고
외관상 얼굴이 장발과는 어울리지 않을 것 같아
적당한 길이를 항상 유지한 채 살고 있다.

군대에 입대했었을 때 처음으로
거울을 보며 혼자서 머리를 깎아봤었지만
가위로 자른다기보단 기계로 미는 형식이었고
그 후로는 혼자서 잘라본 적은 없었다.

역시 미용실을 가서 자르는 게
무난하지 않나 싶다.

| 문방구

초등학교에 다닐 때부터 문방구엔
항상 아이들로 붐볐던 것으로 기억한다.
카드나 딱지, 미니카 등 인기 있는 것들이
주기적으로 계속 바뀌었고, 문방구는 항상
그 유행을 따라 물건을 팔고 있었기 때문에
자연스럽게 학용품 같은 준비물들을
살 수밖에 없는 아이들이
구경을 하면서 물건을 사게 되는
자연스러운 구조였다.

학교에 다니면서 쉬는 시간마다
같이 가지고 놀기엔 짧게 느껴져서
하교 중에 바로 집으로 가지 않고
약속을 따로 잡지 않았어도

문방구 앞에 옹기종기 모여서
같이 놀고는 했었다.

가지고 놀 장난감뿐만 아니라
불량 식품 같은 저렴한 음식들도
많이 팔고 있었기 때문에
적은 용돈을 받는 아이들한테도
살 수 있는 금액들이어서 그런지
얼마 되지도 않는 물건들을 구매하고 나서도
서로 나눠주면서 먹고, 가지고 놀며
굉장히 즐거운 시간을 보냈던 기억이 난다.

그런 기억들이 떠올라 오랜만에 예전에 다녔던
초등학교 근처에 있던 문방구를 가봤는데
시간이 많이 흘렀음에도 불구하고 놀랍게도
그대로 가게를 운영하고 있는 것을 발견했다.

이제는 스마트폰의 영향으로 인해

예전만큼의 영향력을 행사하진 않는다고 하지만

아이들에겐 꼭 필요한 장소인 건 여전하다.

| 산책

집 근처에 산책하기 좋은 장소들이 꽤 있어서 그런지
어머니는 나에게 산책을 같이 나가자며
자주 권하고는 하셨었다.

걸어서 10분 이내의 거리에 공원이 2개 정도 있고
좀 더 가면 안양천도 있어서
집이 있는 위치가 산책을 하기 좋은 장소였다.
안양천엔 자전거를 타러 자주 갔었고
공원은 주로 밥 먹고 난 후나
아침에 가서 걸으며 맑은 공기를 마시는 게
몸에도 활력이 차면서 좋았었다.
공원 주변 근처에 산이 있었는데
산책하다가 등산을 하고 싶을 땐
자연스럽게 산으로 올라가면 되기도 하고

공원만 좀 거닐다 돌아가도 돼서
괜찮았던 것 같다.

주로 생각을 정리할 때나
머리가 좀 복잡할 때 산책을 나갔는데
머리도 맑아지며 잡생각이 사라지는 느낌이
나쁘지 않았다.

| 오락실

초등학생 때 동전을 열심히 모아
오락실을 다니던 때가 있었다.
실력만 있다면 100원짜리 동전 하나로도
1시간 이상을 유지하며 오락을 이어나가곤 했다.
주로 아이들이 어머니들의 잔소리를 피해
피난 겸 친구들과 모이는
집합 장소 같은 느낌이었는데
여기 있으면 시간 가는 줄을 몰라서
간혹 부모님이 직접 찾으러 오셔서
아이들을 데리고 가는 모습을 보곤 했다.

아이들은 오락실에서 100원짜리 동전 하나와
시간을 소모해서 행복을 산 것이었을까?
어른이 되고 나서도 그때의 감성을 잊지 못해서

지금도 레트로 게임기 등이
유행하는 걸지도 모른다는 생각이 든다.

다시는 돌아오지 않는 그때의 순간을 느낄 수는 없겠지만
추억을 회상하며 떠올릴 순 있을 것이기에.

| 도서관

도서관은 나에게 꽤 친숙한 장소다.
공부를 잘한다거나, 매일 가서
책을 읽는 정도는 아니었지만
시험 준비나 자격증 공부, 책을 읽게 될 일이 생겼을 때
종종 방문하곤 했다.
가보면 연령대가 굉장히 다양한 걸 볼 수 있는데
아이부터 시작해서 할머니, 할아버지까지
나이 불문하고 집중해서 책을 읽고 있는 모습을
볼 수 있다.

독서는 마음의 양식이라고 했던가
책을 읽게 될수록 확실히 시야가 넓어지고
어휘력이나 문해력 등이 향상되는 게 느껴졌다.
유명한 작가들의 책이나

베스트셀러에 오른 책들을 읽어보고 나서
공통점으로 느낀 건
글이 매끄럽고 전체적으로 잘 읽힌다는 점이었다.

세상에는 굉장히 많은 책들이 존재하고
독서에는 끝이 없다고 하니
앞으로도 책을 자주 읽으면서
세상에 대한 이해 범위를
넓혀나가야겠다고 다짐해 본다.

| 놀이터

내가 아이였을 때
오락실에 입문하기 전
주로 시간을 보냈던 장소는 놀이터였다.
그네나 시소 같은 기구 등을 이용해서 놀거나
친구들과 술래잡기, 숨바꼭질, 땅따먹기 등
이것저것 하다 보면 시간이 순식간에 흘러가 버려서
해가 어두워진 걸 아쉬워하며 집에 돌아갔던
기억이 있다.

그때는 스마트폰도 없었는데, 뭐가 그렇게 즐거웠는지
아이들만이 가질 수 있었던 특권이었을까
다시 그때로 돌아갈 수 있게 된다면
하는 상상을 해본다.

| 의자

꼭 컴퓨터를 일로 사용하는 사람들뿐만 아니라
많은 사람이 의자에 앉아서 작업을 하거나
책을 보면서 공부하거나 등의 이유로 시간을 보낸다.
어떻게 보면 잠자는 시간만 제외하고
거의 앉아서만 지낸다고 해도 과언이 아니다.
얼마나 많은 의자들이
사람들의 무거운 마음의 짐까지 같이
받쳐주고 있는 걸까

지금은 현대인들이 살아가는 데 꼭 필요한 물건 중 하나라
의자가 없는 집은 없을 정도이며
학교나 직장 등에서도 많은 역할을 하고 있다.

앞으로도 아마 수많은 시간을
의자에 앉아서 보내게 되겠지.

| 시장

집 근처에 시장이 있어서
대형마트가 생기기 전엔 자주 방문했었다.
물론 지금도 집에 돌아오는 길에
일부러 시장을 거치며 구경을 하면서 돌아오곤 한다.
대형마트가 장 보는 게 편리하다고는 해도
시장만의 특유의 분위기 때문에 끌렸던 것일까
그래서 주기적으로 계속 갔었던 걸지도 모른다.

마트가 보통 10시부터 영업을 시작하는 것에 비해서
시장은 가게를 여는 시간이 굉장히 다양했다.
떡집 같은 곳은 새벽 3~4시부터도 불이 켜지며
장사를 시작하기도 했고
늦더라도 8~9시만 돼도
거의 모든 사람들이 가게를 열고 준비를 마치고

사람들을 기다리고 있었다.

비가 오나 눈이 오나 이른 시간 가게를 열며

지나다니는 사람들에게 육성으로

홍보를 하기도 하면서

눈길을 끌기 위해 온 힘을 다한다.

그 마음들이 전해지기 때문일까

살 생각이 없던 사람들도 간혹 흐름에 이끌려

물건을 구매하게 되기도 하더라.

오늘도 사람들은 분주했고

시장의 아침은 여전히 빠르다.

| 생일

생일은 1년에 단 한 번
자신이 태어난 날을 기념하는 날이다.
어렸을 땐 생일이 되면
선물을 받기 때문에 그것만으로 좋아했지만
시간이 흐르며 나만을 위하는 날이 아닌
어머니가 나를 낳느라 고생했던 날이라는
의미도 있다는 걸 깨닫게 되면서
뭔가 숙연해지고 점점 선물에
무뎌져 가는 자신을 발견했다.

생각해 보면 챙겨야 하는 기념일이
꽤 많다는 생각이 들기도 한다.
이건 특히 결혼한 사람들에게 물어보면
너무 많다고 대답하던 사람들이 꽤 있었다.

점점 삭막해지는 사회에

약속을 잡을 명분을 만들어주니

고마움을 가져야 하는 것일까?

| 자판기

인생도 자판기같이 '돈을 넣기만 한 다음
원하는 걸 뽑을 수 있다면 얼마나 편할까'
하는 생각을 한 적이 있었다.
탄산을 먹고 싶으면 콜라나 사이다.
따듯한 걸 먹고 싶으면 율무차나 코코아.

하지만 역시 삶은 그렇게 호락호락하지가 않다.
누군가 명확하게 나에게 자판기처럼 버튼을
눌러서 가야 할 길을 알려주거나
필요한 돈을 넣어서 뽑아줄 수 없다.
결국은 선택과 고민은 자신에게 달려있고
결과에 대한 책임도 혼자 짊어져야 한다.

실제론 내 마음속에 있는 자판기에도
그리움을 동전 대신 넣었어도
추억이 나오지도 않고
희망을 대신 넣어도 냉정한 현실이라는
쓰디쓴 커피가 나오기도 하더라

| 영화

요즘은 OTT 플랫폼이
잘 발달돼 있어서 굳이 영화관에 가지 않아도
결제만 한다면 자신이 원하는 시간에
마음에 드는 영화나 드라마 같은 걸 볼 수 있게 되었다.
대신 TV에서 하는 드라마나 예능 같은 프로그램은
예전만큼의 시청률이 나오진 않게 되었고
본방송을 꼭 사수하지 않아도 되기 때문에
시간에 구애받지 않고 저녁 약속을 잡기도 한다.

나도 빔프로젝터와 스크린을 구입해서
쉬는 날엔 영화를 보곤 했다.
가격이 꽤 비쌌기 때문에 고민했었는데
몇 년 넘게 수십 개가 넘는 영화를 보다 보니
그 이상의 값어치를 하는 거 같아
지금은 만족하며 잘 사용하고 있다.

영화관에서 보는 것보단 느낌이 좀 덜하지만

TV로 보는 것보단 나은 정도,

둘의 중간쯤에 위치한듯하다.

| 빵

빵을 좋아하던 빵돌이 시절에
종류별로 다양하게도 먹었던 기억이 있다.
지금이야 워낙 빵이 비싸져서
가격표를 보며 손을 떨면서
가끔 사 먹고 있긴 하지만
예전엔 좀 더 자주 먹고 다니기도 했고
사람들의 인식도 안 좋은 편은 아니었다.

최근엔 천 원짜리 빵집이
전철역 주변에도 많이 생겨서
지나가다가 몇 개 사 먹어보기도 했지만
맛이 그렇게 나쁘진 않은 것 같았다.

내 추억 속에서 빵의 좋았던 기억은

빵의 달콤함이었을까

빵을 구경하며 즐거워하던 어린 시절의

나의 모습이었을까.

| 약국

병원엔 갈 일이 별로 없었지만
약국은 평소에 꽤 자주 방문하는 편이다.
꼭 몸이 아파서 약을 사러 가는 게 아니어도
파스를 사러 가거나 마데카솔 같은 연고,
붕대 등을 주기적으로 다 사용할 때마다 찾게 된다.

약국엔 몸이 아플 때 사용하는 약들을 팔고 있지만
마음이 아플 때 사용하는 약은 팔지 않는다.
상처 입은 마음은 어떻게 치료해야 하는 걸까?

예전에 봤던 유명한 영화에서처럼
너무 고통스러웠던 기억을
어떤 약을 먹거나 기계를 사용해
그 순간만 머릿속에서 지울 수 있다면

아마 부작용이 있다고 해도

꽤 많은 사람이 사용하길 원하겠지.

| 표지판

어떤 목적지를 향해 처음 떠나거나
주변 지리를 잘 모를 때
표지판은 꽤 큰 도움이 된다.

어디로 가야 할지 방황할 때
가야 할 방향을 잡아주기 때문이다.
우리의 삶에서도 표지판이
일정 간격마다 있었다면
각자 가야 할 인생의 방향을 잡아주고
헤매는 사람들이 없었을 텐데.

나에겐 표지판이 보이지 않았더라고 해도
다른 사람의 방향을 표시해 주는
표지판이 되어주면 어떨까

먼 길을 떠나야 하는 사람에게

조금이라도 마음의 짐을 덜어주기 위해.

| 지하철

어딘가로 이동할 때
주로 지하철을 통해서 전철을 타고 움직였다.
전철로 갈 수 없는 먼 곳은
기차를 타고 버스를 같이 이용했었는데
서울에선 자차가 없어도 출퇴근에는
지장이 없었기 때문에 차가 없어서
이런 식으로 다녔었던 것 같다.

전철역에는 항상 사람이 붐볐는데
'이 많은 사람이 다 어디에서 나오고
어딜 향해 가는 걸까?'
하며 항상 신기하다는 생각과 함께 전철을 탔었다.
사람들을 가득 채운 전철은
역마다 정차하면서 끊임없이

사람들을 내리고 태우며 종점을 향해 이동한다.
전철이 종점에 도착하면
타고 있는 승객들은 전부 다 내려야 하니까.

그러던 어느 날 아무 생각 없이 전철을 타고
종점까지 가서 내린 적이 있다.
갑자기 종점이 어떻게 생겼나 궁금해서 그랬는데,
종점엔 생각보다 별것 없었고
실망한 나는 반대 방향으로 가는 전철을 타고
집으로 돌아갔더랬다.

| 달력

원활한 일정 관리를 위해서
달력에 일정을 기록해 두는 건 필수다.

예전엔 달력에 손으로 적어 가며 메모했었지만
지금은 각자 가지고 다니는
스마트폰에 있는 캘린더 앱으로
날짜마다 일정을 기록하면서 지내는 방식으로 바뀌었다.
훨씬 편하게 된 건 맞지만
예전처럼 달력에 적힌 명언을 보거나
그림들을 구경하는 재미는 사라져서
뭔가 아쉬운 듯한 기분.

그 때문인지 나는

책상에도 하나, 방에 있는 벽에도 하나

달력을 걸어놓은 채 여전히 날짜에 표시를 하곤 한다.

| 학교

어른들이 아이들을 보면 자주 하는 말로
'학교 다닐 때가 좋은 거니 놀 수 있을 때 잘 놀아라'
라는 말을 하시곤 했는데, 그땐 그 말이 그냥
자신의 지난날 어렸을 때를 생각하며
어른들이 으레 하시는 말인 줄 알고 흘려들었었다.

그런데 그게 그냥 하는 말이 아니라는 걸 깨달은 건
시간이 15년이 넘게 지난 후였다.
정작 그때는 공부하기는 싫고
친구들과 놀고 싶은 마음이 훨씬 컸기 때문에
어른들의 말씀을 새겨듣지 못했다.
직장 생활을 하면서 바쁘게 살아가다 보니
여러 가지 현실적인 문제에 부딪히게 되고
미래를 준비하면서 살고 있다고 생각하지만

어느 순간, 정작 과거에 머물러있고 싶어 하는
나를 발견했다.

하지만 그래도 과거는 추억으로 남기고
앞으로 다가올 날들을 대비하며 살아가야 하겠지.

| 청소

주변의 깨끗한 환경을 유지하기 위해서
매일 하는 일과 중 하나인 청소는
할 때는 별로 티가 안 나는 거 같지만
며칠만 안 하고 몰아서 하다 보면
먼지 같은 게 꽤 쌓이게 된 걸 몸으로 직접
체감하게 된다.

특히 시험 기간에 공부하거나
책을 읽는 등 책상에서 집중하고 있을 때
유독 정리가 덜 된 책상이 눈에 들어와서
청소를 먼저 시작하게 된다든지
책장이 마음에 안 들어서 전체 배열을 바꾸면서
대청소를 하게 된다든지 이런 식으로
평소보다 좀 더 힘을 줘서 주변 환경을 정리한다.

사람의 마음도 때로는 그렇다.
안 좋은 감정들을 전부 마음에 담아둔 채로
시간을 보내다 보면 병들어버리기 때문에
가끔은 마음도 청소가 필요하다.

| 모기

여름은 나에게 있어 다른 말로 표현하면
모기와의 전쟁이 시작되는 계절이다.
집이 산 바로 아래에 있어서 그런지
6월부터 집에 모기가 엄청나게 많아지기 시작하면서
글을 쓰고 있는 지금도 계속 날아다니고 있기에
전기 모기채로 돌아다니며 세면서 잡았더니
스무 마리가 넘더라.

모기채로 모기한테 갖다 대면
바로 죽지는 않고 기절하면서
제자리에 누운 채로 팽이처럼
뱅글뱅글 돌아가며 이동한다.

요즘에는 그래도 잘 때 침대 위에
텐트 형식으로 된 모기장을 치고 자기 때문에
자는 순간만큼은 모기에게 해방될 수 있었다.
설치와 회수가 좀 번거롭긴 해도
성능은 확실하니 안 써보신 분들도
사용을 해보는 걸 권한다.

| 피부

사람의 첫인상은 주로 얼굴에서 결정된다고 하는데
그중 피부의 비중은 꽤 크게 작용한다.
특히 태양으로부터 나오는 자외선을 막기 위해서
외출 시 자외선 차단제를 꼭 바르고 나가야 한다.
최근에서야 나도 나갈 때
자외선 차단제를 바르기 시작해서
좀 더 일찍 그랬어야 했는데 하고 아쉬운 마음이 든다.

수분 섭취도 피부에 있어서 굉장히 중요하니
물을 평소에 안 드시는 분들도 균일하게 섭취해야 한다.
건강한 사람으로 보이기 위한 첫 번째 단계이며
그다음은 마음의 건강을 위해
긍정적으로 생각하는 방향으로
마음가짐을 잡는 게 좋다.

주름진 피부에 가려져있던

삶의 고통을 일상의 미소로 가리기 위해서라도.

| 노트북

집에서 쓰던 컴퓨터가 망가진 이후로
새로 사려고 고민하고 있던 찰나에
카페에서 노트북으로 각종 과제나
업무를 하던 사람들을 보면서
'밖에서도 개인 업무를 할 수도 있고
괜찮아 보이네'라며
휴대성이 좋은 노트북을 구매하게 되었는데
의외로 구매 이후로 생각보다
밖에서 노트북을 들고 다니며 쓰는 일은 많지 않았다.

그 이유는 가방까지 같이 갖고 다니다 보면
무게가 상당하기도 하고, 충격으로 망가지면 어쩌나
같은 이유들이 있었는데, 시간이 좀 더 지나고 나서
구입한 태블릿은 그래도 잘 들고 다니면서
유용하게 사용했더랬다.

| 자동차

성인이 되자마자 운전면허 시험을 보고
1종 보통을 취득했었다.
직업이 운전직이 아니더라도
운전을 할 일이 자주 생기지 않을까라는 생각에
'이왕이면 빨리 따놓으면 좋겠지'라는 마음이었는데
착각이었던 것 같다.

서울에 거주하고 있으면
대중교통이 워낙 발달해 있어서
경기도 이상으로 벗어나지 않는 이상은
자차를 타는 것보다 대중교통을 이용하는 게
시간적으로 훨씬 빠르고 비용도 절약된다.

그래서인지 면허를 딴지 시간이 많이 지난 지금도
아직 차를 구매하지 않았고, 여행 갈 때나 좀 먼 곳으로
이동할 때만 차를 짧은 기간 렌트해서
이용하는 형식으로 지내고 있다.
만약 나중에 자동차를 구매하게 된다면
SUV가 좋을 것 같다.

| 신발

신고 다니는 신발을 보면
그 사람의 삶을 어느 정도 알 수 있다고 한다.
각종 먼지와 찌그러진 신발은
그 사람의 고단했을 하루를 알려주고
각 잡힌 구두는
거래처와의 미팅에서 시달렸을
상황을 보여주기도 한다.

가볍게 힘을 빼고 걷는다고 해도
걸을수록 신발은 뒤꿈치가 벗겨지고
헤져가는데, 보고 있다 보면 신발이 아니라
나의 마음이 그렇게 되는 것 같이 느껴진다.

| 가방

멀리 이동할 때는 양쪽 어깨에 걸치는 가방을 메고
좀 짧은 거리를 이동할 땐
한쪽 어깨에 메는 작은 가방을 주로 사용했다.
출근할 때나 평소 외출 시에
가방을 가지고 나가는 경우가 많았는데
이어폰이나 칫솔, 지갑, 소모품 등
밖에서 주로 쓸 물건들을 넣고 다녀야 해서
가지고 다닌 이유가 크다.

가죽으로 된 가방은 가족한테서 선물 받은 건데
거의 10년째 잘 사용하고 있다.
처음 선물 받았을 땐 비싸게 이런 걸 샀냐고
했었는데, 비싼 이유가 있었나 보다.

가방엔 물건뿐만 아니라 많은 걸 담을 수 있다.
자신이 평소에 얼마나 준비되어 있는 사람인지,
그 안에는 그 사람이 중요하게 여기는
책임감과 각오, 신념 같은 게 담겨있을 것이다.

| 거울

거울을 매일 보며 확인하는 내 모습은
볼 때마다 새롭게 느껴지는데
어떤 이유 때문일까?

어느 날 거울에 먼지 같은 게 묻은 줄 알고
닦으려 했는데 그건 먼지가 아니라
얼굴에 새롭게 생긴 점이었다.
새롭게 느껴지던 이유는
단순히 얼굴에서 느껴지는 노화 때문일까?
아니면 내가 가지고 있던 마음가짐의
변화 때문이었을까?

오늘도 거울은 여전히 말이 없고
내가 미소를 지으니
거울도 나를 따라 미소를 짓는다.

| 네잎클로버

행운을 상징한다는 네잎클로버를 처음 알게 되고
그걸 찾기 위해서 몇 시간을 헤맨 적이 있다.
그 많은 세잎클로버 중에서 잎이 하나 더 많을 뿐인데
많은 사람에게 행운을 주고 싶은 생각에
여러 개를 찾아서 나눠주고 싶은 마음이 컸었다.

겨우 찾아낸 몇 개의 네잎클로버들을
고이 포장해서 나눠주었는데
나중에야 세잎클로버의 꽃말이
행복이라는 것을 알게 되었다.

'수많은 행복 속에서 행운만을 찾기 위해
그 행복들을 내가 직접 헤쳐가며 뭉개버린 건가?'
라는 생각이 들며 그 뒤로는 네잎클로버를 찾지 않았다.
행운을 위해서 많은 행복들을 포기할 순 없었기에.

| 선물

선물을 받을 땐 언제나 설렌다.
뜯어보기 전까지 그 안에
뭐가 들어있는지 모르기 때문에
무언가에 대한 기대로
호기심을 유발한다.

마음을 전하고 싶은 상대에게 주는 선물은
상대방뿐만 아니라 나에게도 긍정적인 효과를 준다.
값비싼 선물이 아니라고 해도
누군가에겐 어떤 사람의 존재 자체가
커다란 선물일 수도 있고
큰 병에 걸려서 몸이 아픈 사람에겐
오늘 하루도 무사히 살아간다는
의미 자체가 선물일 수 있다.

| 모자

모자를 자주 쓰고 다니는 편은 아니었다.
태양으로부터 얼굴을 보호하거나
멋을 내기 위해 쓴다기보단
사람들의 눈을 마주하기 부담스러운 시기가 있었는데
그럴 때만 모자를 착용했다.

모자를 살짝 아래로 내려쓰면
상대방의 눈이 잘 안 보이기 때문에
얼굴을 마주하고 대화를 하기 껄끄러울 때
좀 더 편하게 말할 수 있었다.

그런데 주변을 보면 머리를 안 감았는데
대충 주변에 나갈 일이 생겼을 때,
감고 나가긴 귀찮으니 이런 경우에
많이 사용한다고들 한다.

| 안경

라섹 수술을 하고 나서부터
도수가 없는 블루 라이트 차단 안경을 구매한 후
컴퓨터를 오래 봐야 하는 상황일 때만 착용했다.
수술 전엔 안경 없이는
흐린 시야를 가진 상태로
세상을 제대로 볼 수 없었는데
수술 후엔 언제나 밝은 세상을 볼 수 있어서
굉장히 만족감이 컸었다.

특히 학생 때는 안경을 쓰고 있으면
뭔가 공부를 잘하는 것 같고
착실한 이미지의 인상을 심어주는 느낌이었기 때문에
'실제로 그렇게 보여야 하는 건가' 생각이 들어서
좀 부담되던 점도 있었다.

겨울에 전철을 탄 직후나 마스크를 쓸 때 김이 서리고
라면 같은 뜨거운 음식을 먹을 때도
안경이 뿌옇게 돼서
생활을 하면서 불편했던 점들이 꽤 있었는데
수술 후 이런 점들이 전부 사라지게 되니
고민하는 사람들이 있다면
해보는 것도 좋다고 본다.

| 사진

갔다 오면 남는 건 사진뿐이라는 말은
여행을 자주 가는 사람이라면
꽤 많은 사람이 공감할 것이다.
나도 일상생활에서는 사진을 잘 찍지 않지만
여행을 갔을 때만큼은 많이 찍으려고 하는 편이다.

그 당시의 감정과 기분, 느낌을 사진으로 담을 순 없지만
가끔 여행을 갔을 때가 생각나거나, 그때가 그리워질 때
언제라도 사진을 꺼내서 볼 수 있으며
그 후로 많은 시간이 흐르고 확인한다 해도
사진 속 모습은 영원히 그 순간의 기억일 것이기에.

| 우유

요즘엔 우유를 주기적으로 구매하고 있다.
그냥 섭취하지는 않고, 주로 커피를 먹기 위해서
라떼를 만들 때 사용하는 용도인데
아메리카노를 먹다가 바꿔서 먹어보니
달달하니 좋은 것 같았다.

초등학생 땐 우유를 그냥 먹기는 뭔가 안 내켜서
친구들에게 나눠주기도 하고
제티에 타 먹기도 하고
건빵에 넣어서 먹기도 하고
여러 방식으로 시도했었더랬다.

어느 날 우유를 가만히 보고 있었는데
굉장히 새하얀 색인 걸 느낄 수 있었다

우유는 어떻게 그런 색을 가질 수 있었을까?

컵에 새하얀 우유를 따르다 보면 나의 마음도 그렇게
눈부시게 하얀색으로 차오르는 것 같은 기분이 든다.

| 무드등

조명에 관심이 많은 것은 아니지만
무드등은 꽤 여러 종류를 가지고 있다.
숙면에 들기 어느 정도 전에 켜놓으면
분위기도 살고 뭔가 감성적인 느낌을 주면서
마음이 좀 편안해지는 기분이 들기 때문이었던 것 같다.

우주나 바다가 떠오르는 것들도 사봤는데
실제로 거기에 있는듯한 느낌을 주기엔
부족하다고 생각했었지만
시선을 빼앗긴 채 멍 때리는 내가 있었다.
그리고 켜놓으면 글도 잘 써지는 것 같아서
요즘 작업할 때 항상 켜놓고
글을 쓰곤 한다.

| 구름

구름은 움직이는 것 같지 않아 보여도
하늘을 자세히 쳐다보고 있으면
굉장히 천천히 이동을 하고 있는 것을 알 수 있다.

어찌 보면 사람도 비슷하지 않던가?
남이 보기엔 변한 것 같지 않아 보이는 사람도
실제론 미세하더라도 끊임없이 바뀌고 있을 수 있다.
외모뿐만이 아니라 그 사람의 내면까지.

구름처럼 느리더라도 쉬지 않고
하늘 위에 각오를 그리면서 끊임없이 떠올리며
조금씩 이동하면서 포기하지 않고 나아간다면
우리가 바라던 어딘가에 결국 닿을지도 모른다.

| 선풍기

에어컨은 켤 때
유지비 때문에 고민을 좀 한다고 하면
선풍기는 별 고민 없이 키게 된다.
좀 더 사람들에게 친근하기 때문일까
비용적인 측면에서 차이가 꽤 크기 때문에
어른들은 에어컨을 안 켜고 최대한
선풍기를 사용하며 버티는 상황이 많다고 한다.

선풍기로 만들어내는 바람은
자연에서 불어오는 바람과는 달리
자연스럽지 않은 것이지만
그래도 사람의 더위를 식혀주기 위해서
만들어내는 바람이기도 하다.

오늘도 선풍기는
뱅글뱅글 돌아간다.

| 지도

모르는 곳으로 가야 할 일이 생기거나
어딘가로 떠나야 할 때
꼭 지도를 먼저 검색해 보는 편이다.
특히 대중교통을 이용할수록
어떤 걸 타고 뭐로 갈아타야 하는지 알기 위해서
검색은 필수라고 할 수 있다.

그리고 꼭 목적지에 도착하는 것만이 중요한 건 아니다.
가는 길의 과정도 중요하기 때문에
그것을 기억해야 한다.
가끔 그 장소에 도착하는 것에만 중점을 두고
너무 빨리 가다 보면 주위 경관은 물론
그곳을 가야 했던 이유도
잊어버리기 때문이다.

| 은행

은행은 나이 불문하고 사람들에게 있어
굉장히 익숙한 곳이다.
살아가는 데 꼭 필요한
돈과 연관이 깊은 곳이기 때문이다.
주로 돈을 보관하는 용도나 빌리기 위해서
은행을 이용하는 사람들이 가장 많다.
지금은 은행을 가지 않고도
통장을 온라인으로 편하게 만들거나
다른 업무들을 꽤 볼 수 있지만
꼭 방문을 해야만 하는 경우도 있기 때문에
지금도 가끔 찾아가 일을 보곤 한다.

누구나 한 번씩 상상하지 않았을까
은행에 돈을 많이 맡겨두고 이자만으로

돈이 충분히 들어와서 일을 안 해도

풍족하게 먹고살 수 있는 상황 같은 걸 말이다.

차량을 구매하거나 주택 등을 구매할 때

이자를 받고 자금을 지원하는 은행은

앞으로도 여러 가지로 큰 의미를 가지게 되겠지.

| 복권

가끔 생각이 날 때마다 복권을 구입하곤 했다.
로또나 스피또, 연금복권 등 종류를 바꿔가며
2,000~3,000원 정도의 양을 주로 샀는데,
그 이유는 5,000원은 좀 많은 거 같고
1,000원은 좀 적은 거 같아서
이렇게 구매를 하게 됐다.

구매할 때 당첨을 노리고 산다기보단
추첨 날까지 기다리며 혹시나 내가
당첨될지도 모르는 그 기대감을
돈을 주고 구입한 거라 생각했다.

그러면 마음이 편안해지면서

결과를 확인하고 당첨이 되지 않더라도

좀 초연해지게 된다.

| 목욕탕

코로나가 시작되기 전에
아버지와 같이 종종 목욕탕에 가곤 했다.
평소에 함께 보내는 시간이 적기 때문에
가서 서로 때를 밀어주기도 하며
시간을 보내면 몸도 상쾌해지고
뿌듯한 느낌이 들었다.
난 사우나를 이용하지 않았는데
아버지는 갈 때마다 꼭 이용했었고
그땐 혼자 밖에서 바나나우유와 훈제 달걀을
같이 먹으며 기다렸는데, 유독 거기서
먹던 음식이 맛있게 느껴진 이유는 왜였을까

지금은 코로나로 인해 타격을 받아
집 주변에 있던 목욕탕이나 사우나가

전부 없어져서, 큰맘 먹고 멀리 나가야만
갈 수 있는 곳이 되었다.

즐거웠던 기억이기 때문이었을까
지금도 가끔 그 기억이 떠오르곤 한다.

| 비

좋은 일이 생겨서 기분이 좋을 때
비가 오는 경우가 많았다.
큰맘 먹고 오랜만에 여행을 갈 때도 그랬었지만,
반대로 기분이 안 좋거나 우울해서
비라도 내렸으면 좋겠다 싶었을 때는
태양이 쨍쨍한 티 없이 맑은 하늘이 위에 떠 있었다.

가끔 내가 저기압일 때 일치하게
날씨가 흐리고 비가 오는 경우가 있었는데
그럴 땐 혼자 불이 꺼진 방 안에서
떨어지는 빗방울의 소리를
가만히 눈을 감고 듣고 있다 보면
나를 위로해 주는 자장가처럼 들려오는 것 같았다.

그리고 눈물이 날 것 같은 날에 비가 오면
우산을 쓰지 않고 비를 맞으며
마음속에 있는 빈 공간을
채워보려고 할 때가 있다.

| 아이스크림

꼭 더운 여름에만
아이스크림을 먹는 건 아니었다.
많이 먹는 건 더울 때긴 했지만
계절에 상관없이 종종 먹곤 했다.
아이스크림은 너무 맛있어서 아껴먹으려고 해도
잡고만 있으면 녹아서 없어져 버린다.

행복과도 비슷하지 않을까
너무 달콤해서
먹고 있는 그 순간만큼은
근심과 걱정을 잊어버릴 수 있지만
오래 붙잡고 유지하고 싶어도
순식간에 사라져 버리는 그러한 행복.

| 새벽

새벽의 공기는 유난히 차갑다.
단순히 기온이 낮아서 그렇게 느껴지는 것인가?
빨리 나왔다고 생각했지만
어두운 새벽에도 거리엔 출근하는 사람들로 가득했다.
이렇게 이른 새벽에 일을 하러 가는 사람들은
가슴에 어떤 마음을 품고 있을까

어둠이 물러가며
빛이 조금씩 찾아오고
따스한 햇살을 바람이 데려오는 시간
오늘도 길을 떠나는, 빛나는 사람들의 아침은
여전히 빠르게 시작된다.

| 안개

안개 속에 갇혀서 시야가 제대로 보이지 않은 채
이리저리 시선을 돌려봐도 흐린 곳뿐이니
이곳은 눈먼 자들이 갇혀있는 세상일까
안개 안쪽을 아무리 거닐며 돌아다녀 보아도
나무도 꽃도 사람도 아무것도 보이지 않는다.

사실 눈이 아니라 마음에 안개가 낀 것이 아닐까
마음속에 조용히 내려앉은 고요의 안개는
나의 발버둥에도 사라지지 않고
짙어만 간다.

| 비밀

비밀의 중요도는 보통
자신이 가지고 있는 것 중 가장 부끄럽고
들키기 싫어하는 것일수록 커진다고 한다.
나에게 있어 굉장히 큰 비밀일수록
다른 누군가에게 그 사실을 알려준다는 것은
그 사람에게 자신의 운명을 맡긴다고 생각해도
과언이 아닐 것이다.

베르나르 베르베르는 '아무리 깊은 곳에 감추어 둔
비밀이라도 끝내는 호수의 수면으로
떠오르고 마는 법이다.
시간이야말로 비밀의 가장 나쁜 적이다'라고 말했다.

결국 시간이 지날수록 비밀을 지키기 어려워지니

비밀을 알려준 사람과 듣는 사람 모두가

고통스러워한다면

차라리 끝까지 사실을 숨기는 것이 낫다.

| 나무

나무 그늘에 앉아서 기댄 채
눈을 감고 바람을 느낀다.
비바람에도 굳건하게 버티고 있는 나무는
사람이 쉴 수 있는 그늘을 제공하기도 하고
새들이 앉아서 쉬다 갈 수 있게
나뭇가지를 내어준다.

나뭇가지가 흔들릴지라도
깊게 자리 잡은 뿌리는
결코 흔들리는 일 없이 오늘도
자리를 지키고 있다.

나무는 내게 말을 걸고 싶을 때
앉아있는 나에게 조용히 잎 몇 개를
잔잔한 바람과 같이 떨어뜨리곤 한다.

| 숙제

사람들은 공통으로 가장 큰 숙제를 안고 살아간다.
남은 일생을 살아가야 한다는 큰 숙제.
매일 풀어야 할 삶의 작은 숙제들도 가지고 있으며
두려워하고 미루다 보면 점점 쌓이게 돼서
결국 못하고 포기하게 될지도 모른다.

오늘 할 일을 내일로 미루지 않고
방학 때 해야 하던 숙제들처럼
인생의 숙제들도 하나씩 정리하면서
풀어 나가다 보면, 삶의 만족도가 많이 올라갈 수 있다.

| 공기

사람은 공기가 없이는
5분도 생존할 수 없다고 한다.
하지만 공기에 대해
고마워하는 사람들은 없다.
너무나 당연하게 지구의 모든 곳에
어디에서도 존재하고 있으니까
그렇게 인식하고 자연스럽게 호흡하며
살아온 것이 아닐까.

없으면 살아갈 수 없지만
어디에나 있더라도
느낄 수 없고 티가 나지 않는 존재

그렇기에 나는

아침에 산책을 나가며 공기를 마시면서

오늘 하루도 잘 부탁한다는 인사를 건네보곤 한다.

| 한강

다니던 회사가 한강 근처였을 때
점심시간마다 밥을 먹고 나서
복잡한 생각을 정리도 하고
소화할 겸 한강 주변을 걷곤 했다.
한강엔 항상 자전거를 타고 다니는 사람들과
돗자리나 텐트를 치고 컵라면, 치킨 등을 먹는 사람,
가볍게 산책하는 연인들로 가득했다.
사소한 것들처럼 보이지만
그렇게 사람들을 보고 있다 보면
별거 아닌 것들로도
너무 즐거워하는 게 보여서 나도 모르게
입가에 미소가 지어졌다.

한강 위를 떠다니는 바람이
너의 고민은 별거 아니니
머리를 좀 더 비우고
시원한 기분을 느껴보라고
말을 해주는 것 같았다.

| 동굴

동굴 속에는 평소에 느끼기 힘들었던
서늘한 공기와 바람이 불어온다.
들어갈수록 어둡고 길도 좁으며
경사도 심해 발을 내딛기가 어렵다.
밖에선 밝게 느껴지지 않았던
작은 불빛조차 여기선 굉장히 선명하게 느껴진다.

사람의 마음속에도 동굴이 있지 않을까
외부 세상과 단절하고
자신만의 깊은 동굴에 갇힌 채
어둠 속에 홀로 있다 보면
오랜 시간이 지나도
빠져나오지 못할지도 모른다.

동굴은 터널과 달리

입구만 있고 출구는 없어서

들어갔던 곳으로 다시 나와야 하므로

너무 깊은 곳에 들어가면

누군가 도와주러 오지 않는 이상

혼자서 나올 수 없을 것이다.

| 지우개

지우개는 쓰면 쓸수록

원하는 곳을 지울 수 있지만

점점 닳아서 결국 없어지게 된다.

모든 것을 지울 수 있을 것 같아 보여도

볼펜이나 매직으로 쓴 것들은 안 지워지는 것처럼

지울 수 있는 것들은

연필이나 샤프의 흔적 등으로 제한되어 있다.

또 새하얀 백지처럼 깨끗하게 지워지는 것도 아니며

지우고 나서도 지우개의 부스러기 같은

흔적들이 남아있게 된다.

어떤 사람에 대한 걸 지우개로 지웠다고 생각했는데

추억이라는 흔적이 남은 것처럼.

| 가위바위보

흔히 간단하게 승부를 낼 때 쓰이는 방법으로
가위바위보를 예로 들 수 있는데
낼 수 있는 종류는
가위와 바위, 보 세 가지이며
결과도 승리, 패배, 무승부 세 가지로 똑같다.
방법도 간단해서 지금도 많이 쓰이지만
걸려 있는 게 무엇인가에 따라
그 결과도 항상 간단하다고 말할 순 없다.

어떤 사람들은
우리가 말도 안 된다고 생각하는
그런 종류의 무언가를
가위바위보로 하는 내기에
걸기도 하니까.

| 포장

선물을 해야 할 때
포장을 안 하고 그냥 주게 되면
선물에 대한 기대가 떨어지기도 하고
모양새가 좀 없어 보일 수 있어서
포장지로 포장하고 주는 경우가 많다.

포장은 일상생활에서 선물을 줄 때뿐만 아니라
대화할 때나 인간관계에서도 거의 필수다.
만나는 사람들에게 살면서 하고 싶은 말을
전부 다 말하며 살 순 없어서
본심에다 적당히 포장을 해서 생각하고 말해야 하니까.

| 향기

냄새가 나는 사람보다

향기가 나는 사람이 되기 위해

사람과 대화할 때 최선을 다해왔다.

나는 향기가 나는 사람이 되어 살아왔을까?

좋은 향기여도 그 향에 익숙해지면

결국 그걸 깨닫게 되기 위해선

다른 악취들을 맡고 나서야

좋았던 향기였다는 걸 떠올릴 수 있게 된다.

좋은 향기가 나는 사람들에겐

대화를 좀 더 하고 싶고

긍정적인 감정이 같이 전염되는 것 같아

나도 그렇게 향기가 나는 사람이 되고 싶었다.

| 이불

이불 안에서 아무것도 안 하고
누워만 있고 싶을 때가 있다.
이불은 왜 이렇게 포근한 걸까
아무 말 없이 나를 감싸주고
잠을 자면서 항상 나와 함께한다.
어떤 말이나 위로를 나한테 해주진 않지만
항상 나에게 따듯한 감각을 제공해 주며
아이처럼 어리광을 피우고 싶은
그런 존재이다.

| 우주

우주는 말로 설명하기엔 무리가 있을 만큼
굉장히 넓은 공간이라고 할 수 있다.
우리가 사는 지구도 그 많은 별과 은하 중
먼지만큼 작은 별이라고 한다.

하지만 그렇다고 해서 우리의 존재가
하찮다는 건 아니다.
수많은 먼지 같은 존재들이 모여 지구와
별, 은하를 이루고 있으니
저 하늘 위 먼 곳에만 우주가 있는 게 아니라
내 마음에도 하늘과 달과 별
그리고 우주가 존재한다.
그러므로 우리는 스스로에 대해서
언제나 자랑스럽게 여겨야 한다.

온 세상이 나를 안 도와주고

방해하는 것처럼 여겨질지라도

그건 단순히 우연에 불과하고

당신은 언제나 빛나는 소중한 존재이므로.

| 산들바람

산들바람이 부는 언덕 위에
사람들의 기억이 쌓인다.
그 기억을 가지고 바람은
어디로 가고 있는 걸까

지쳐있는 사람들을 위로하기 위해
오늘도 먼 길을 이동하는 바람은
작은 시원함이라도
느끼게 해줘야 한다는
약속이라도 한 듯
어김없이 구름 따라 강물 따라
흐르는 대로 흘러간다.

쓸쓸함으로 가득한 이 밤

하늘길 따라 부는 바람이

사람들에게 작은 위로가 될 수 있기를.

| 옥상

어떤 건물에 가게 될 일이 생기면
항상 옥상을 먼저 가보곤 했다.
높은 곳은 바람이 잘 불기 때문에 좋아하기도 했지만
답답할 때마다 옥상에 가서 주변을 내려다보면
속이 좀 뚫리는 듯한 느낌이 들며
마음이 차분해지는 듯해서
담배를 피우지는 않았어도 바람을 쐬러
자주 올라갔었다.

특히 일하면서 지칠 때마다
잠깐 옥상에 가서 바람을 쐬다 보면
바람이 힘든 건 잠시뿐이라며
나를 위로해 주는 것 같아서,
누구도 나에게 위로의 한마디를 건네지 않을 때
바람만이 나를 위로해 주는 기분이 들었다.

| 다리미

옷을 입고 나가기 전에
다리미로 주름진 옷들을
다리고 나가는 편이다.
세탁기를 돌리고 나서 말리면 항상
구겨져 있는 상태였기 때문에
그대로 입으면 옷에 주름이 많이 생겨있어서
그 상태로 입고 나가면 왠지
나의 마음에 생겨있던 주름들이
옷 밖으로도 표출이 돼서 티가 나는 것만 같아
다리미로 많은 옷들을 다리고 나서
구김을 펴고 하나씩 입고 나가곤 했다.

얼굴에 그늘진 주름뿐만 아니라
마음의 주름까지 다리미로 펼 순 없을까?
그렇게 사람들의 주름을 없애줄 수만 있다면.

2부

바람 따라 감정을 향해 걷다

| 행복

행복의 일반적인 기준은
금전의 양이
많을수록 점점 올라간다고 하지만
다르게 보면 굉장히 주관적일 수 있어서
혼자서 운동하거나, 악기를 연주한다거나
강아지와 산책 같은 것을 하면서도
행복하다고 느낄 수 있다.

거창하게 꼭 부자가 되거나
명성을 얻지 않더라도
일상에서 소소한 행복을 느끼며
살아갈 수 있다면
그것으로 살아갈 힘을 얻기에 충분할 테니까.

| 부탁

부탁을 할 일이 생겼을 때
어떤 방식으로 말을 꺼내는 것이 좋을까?
연락을 자주 하며 보는 일이 많았던 사이라면
어렵지 않게 말을 꺼낼 수 있을지 모르지만
반대의 경우라면 쉽게 말을 꺼내지 못할 수도 있다.

그러면 이럴 땐 오랜만에
밥 먹자는 약속을 잡고
이야기를 하면서 부탁하거나
술의 힘을 빌려
어느 정도 음식을 섭취한 후에
이야기를 꺼내볼 수도 있겠지.

| 배려

역지사지, 내 삶의 모토 중 하나이며
인생을 살아가는 데 있어서
중요하다고 생각하는 요소이다.
기본적으로 대화를 할 때에
'이 말을 하면 상대방이
어떻게 받아들일 것인가'부터
고려하고 말을 전하곤 한다.

탈무드의 명언으로
'말은 깃털처럼 가벼워 주워 담기 힘들다'
라는 말이 있다.
일상생활을 하다 보면
기본적으로 최소한의 선을 지켜가며 말해야 하지만
이 선을 넘고 해선 안될 말까지

막 하는 사람들이 자주 보인다.
특히 요즘은 시간이 지날수록
점점 인간미가 없는 사회로
변하고 있는 것 같다.

시대가 변하면서 사회와 가치관도 변하고
스마트폰 같은 전자기기와의 접촉 시간이 늘어나면서
1인 가구가 급격하게 늘어나고
개인주의가 점점 강해지고 있다.

양보와 배려의 미덕이 널리 퍼져서
언젠가 우리가 사는 사회도
따스한 봄날처럼 변하게 되는 날이 오기를.

| 미래

누구나 살면서
몇십 년 후의 자기 모습을
상상해 본 적이 있지 않을까?
현재의 생활이 불안하거나
만족을 못 하고 있을 땐
미래에 대해 걱정을 많이 하곤 한다.

하지만 미래란 결국
아직 다가오지 않은 것을 뜻하고
지금의 내가 어떤 행동을 하는가에 따라
모든 것을 바꾸진 못할지라도
어느 정도는 바꿀 수 있으니까.

몇십 년 후의 일이 아니더라도
사람들은 오늘 몇 시간 후의 일이나
내일 일어날 일도 예측할 수가 없다.
그렇기 때문에 우리는
아직 먼 미래의 일보다
오늘을 충실히 살아가야 한다.

| 시작

시작이 반이라는 말은
아리스토텔레스의 굉장히 유명한 말이다.

시작하는 게 어렵지만, 시작만 한다면
얼마든지 해 나갈 수 있다는 뜻으로 사용되는데
내가 생각하기엔 실제로는 반이 아니라
거의 전부라고 봐도 무방하다.
보통 무언가를 시작하기도 전에
실패했을 때의 결과나
그 과정 중의 손실 등을 고려해서
일을 시작하기를 꺼린다.

나 역시도 그랬고 아마 많은 사람들이
쉽게 시작하지 못하는 이유일 거라 생각한다.

설령 거창하게 시작한 게

실패로 끝나버린다고 해도

그 실패했던 경험을 계기로

다음번에 다시 시도했을 때

처음과는 더 나아진 자신을 발견하게 된다면

그것으로 충분하지 않을까

| 공포

사람들이 무언가에 대해 느끼는 공포는
신체적인 고통이나 귀신, 동물, 곤충 같은
보편적인 걸 제외한다면 상당히 주관적이다.

살면서 겪어온 심상에 각인이 되어
높은 곳에 올라가서 떨어질 뻔했던 경험이
트라우마로 남아 고소공포증이 생기게 되고
엘리베이터에 갇혀있었던 기억으로 인해
좁은 공간에 대한 폐쇄 공포증이 생기기도 한다.

그렇다면 이것들을 이겨낼 수 있을까?
대부분의 공포는 정신적인 면에서 오는 게 많다.
자신 속의 공포를 피하거나 외면하지 않고
작은 도전부터 차근히 진행한다면

나중에는 당당하게 맞서 싸워 이길 수 있을 거라 믿는다.

물론 완전히 이겨내기 위해서는

많은 시간과 노력이 필요하겠지만.

| 상실

아마 누구에게나 그 형태가 다르더라도
상실의 고통이 있었을 것이다.
그건 지나가 버린 시간에 대한 상실감일 수도 있고
소중하게 간직해 오다가 잃어버린
무언가에 대한 상실감일 수도 있다.
그로 인해 얻게 되는 고통의 기억은
내 안에 깊이 새겨져
흐려지기까지 꽤 긴 시간이
소모되기도 한다.

그렇다면 마음에 깊이 새겨진 상처는
어떻게 해야 극복을 할 수 있을까?
그저 시간이 약이니까
많은 시간이 지나기만 하면 치료가 되는 것일까?

그렇지 않을 것이다.
그 사실을 인정하고 받아들이기까지
과정이 너무 힘들다고 해도
상황을 직시하고 그로 인한 감정을
받아들여야만 한다.

오늘 하루만을 산다는 마음으로
감정을 다스리는 방법과
마음의 상처를 참고 견디는 법을
결국 자신만의 방법으로 해결해야 하겠지.

| 희망

사람들은 삶이 지치고 힘들 때
그 속에서 기댈 곳을 찾게 된다.
희망을 가지고 살아가길 원하고 찾길 원한다.
그 희망은 사실 별거 아닐 수 있다.
다른 사람에게 지나가듯
무심히 말해주는 사소한 한마디도
듣는 사람에겐 큰 위로가 되면서
힘이 되는 희망으로 바뀔 수 있는 것처럼.

그렇기 때문에 우리는 앞으로
남은 삶을 살아가기 위해
자신만의 기준을 세워
마음속의 불꽃으로 자리 잡을
희망을 찾아야 한다.

그걸 찾고 힘들 때마다 떠올릴 수 있다면

그 하나만으로도

넘어지고 쓰러졌을 때마다

다시 일어날 수 있게 해주는

원동력을 얻을 수 있을 테니까.

| 기대

'기대를 하지 않으면 실망도 없다'라는 말이 있다.

자신은 의식하려고 하지 않는다고 해도
마음속으로는 기대하게 되고, 그 기대에 미치지 못하면
실망하게 되는 일이 많이 생긴다.
그리고 혼자서 상처를 받게 되기도 하며
그로 인해 사람과의 거리가 멀어지게 되기도 한다.

자신이 기대했던 그 요구치에 부응해서
일이 잘 풀린다면 물론 좋은 상황이겠지만
그렇지 못했다고 하더라도 그 사람에겐
최선을 다한 결과물일 수도 있으니
있는 그대로를 받아들이고

사람들과의 거리가 멀어지지 않게

관계를 유지해 나가며 서로를 아껴주어야 한다.

| 고뇌

삶이란 고뇌의 연속이라고 할 수 있다.
끊임없이 무언가에 대해서 걱정하고
고민하고 괴로워한다.
돈이 많고 적음을 떠나서
고뇌하는 정도의 차이는 있겠지만
누구나 이 단어에서 자유로울 수는 없다.

그렇다면 이 고뇌의 굴레에서
벗어날 순 없는 것일까

우리는 이 시련 속에서 자유로울 순 없어도
견디고 버텨내기 위해
끊임없이 그 방법을 생각해야 한다.

| 생존

지구에 있는 수많은 사람의
삶에서 가장 중요한 것은
생존이지 않을까?

이건 비단 사람뿐만이 아니라
동물과 식물, 곤충 등 거의 모든 생명체에게 해당된다.

어떤 고난과 역경이 존재한다고 해도
살아가는 걸 포기해서는 안 된다.
강한 자가 살아남는 게 아니라
살아남는 자가 강한 것일 테니
발전을 거듭하면서
변화에 빨리 대응하며
어떻게든 살아남아야 한다.

| 후회

남은 몇십 년의 생을 살아가는 데 있어서
평생 우리의 삶에 따라붙을 단어다.

보통은 선택의 시간이 지나
나중에야 그때를 돌이켜보며 후회를 하지만
그 당시의 나에겐, 지금 보이던 것들이
안 보였을 수 있기 때문에
중요한 순간이 자신에게 찾아오면
아쉬움의 감정을 조금이라도
덜어내기 위해서라도
고민을 거듭하며 결정을 내려야 한다.
인생은 사는 동안 매 순간이 선택의 연속이고
어떤 일을 해서 후회하는 것보다
그걸 하지 못했을 때 하는 후회가

훨씬 오래 기억에 남기 때문에
할까 말까 망설이고 있을 때는
차라리 하는 게 낫다.

그래서 시간이 흐른 후에
다시 그때로 돌아간다고 해도 똑같은 선택을 하며
후회를 하지 않을 상황을 늘려나가면서
후회 없이 오늘을 살 수 있다면,
앞을 보고 나아갈 수 있다면
훗날 겪을 일들에 대해서도
미련을 버릴 수 있을 것이다.

| 약속

지키지 못할 약속은 차라리 하지 말라는 말이 있다.
하지만 한국의 정서와는 좀 맞지 않는다고 생각한다.

그 이유로 하나를 꼽자면
친구의 결혼식에 갔다가 오랜만에 만나는
학교 다닐 적 동창이나 지인을 보면
우리는 인사말로 '오랜만이네, 잘 지냈어?'
'언제 밥 한번 먹자' 같은 말을 자주 하곤 한다.
실제로 그럴 생각이 없지만
그냥 인사말로 하는 말인 걸 나도 알고
상대방도 알고 있다.
간혹 만남으로 이어지는 경우도 있지만
아닌 경우가 훨씬 많다.

이렇게 인사말로 하는 약속이 있는가 하면
반드시 지켜야만 하는 약속도 있다.
그건 바로 스스로에게 하는 다짐의 약속이다.
자신과의 약속을 계속 어기게 되면
다른 사람과의 약속이랑 달리 누적이 되면서
결국 자신을 망가뜨리게 되고
타인과의 관계마저 망가지게 되기 때문이다.

| 그리움

사람들은 항상 무언가를 그리워한다.
그건 잃어버린 물건이나 지나버린 시간,
망가져 버린 사람과의 관계 같은 것들이다.

잊으려고 하면 할수록 자꾸 떠오르며
다른 일을 하다가도
좋았던 추억을 되새긴다.
스쳐 지나가는 나뭇잎에도
함께했던 기억을 떠올리며
회상에 잠긴다.

가을이 깊어가고
유난히 바람이 심하게 부는 날이면
더 깊어지는 그런 그리움들이 있다.

| 노력

성공한 사람들의 인터뷰를 보면
노력은 배신하지 않는다고들 말한다.
그러면 실패한 사람들은 모두
노력이 부족했던 탓이었을까?

그런 건 아닐 것이다.
노력하는 모든 사람이
무언가를 이룰 수 있으며
성공을 할 수 있는 건 아니니까.
길은 모두에게 열려있다고 하지만
모두가 그 길을 걸을 수 있는 건 아니다.

설령 노력했던 모든 시간과 비용과
그로 인해 흘렸던 눈물과 땀이

성공으로 보답받지 못했다고 해도
지나온 시간에 대해서
자신에게 떳떳할 수 있으며
우연히 기회가 찾아왔을 때
나중에라도 보답받는 날이
올 수 있을 것이라고.

| 통보

통보라고 했을 때 보통 떠오르는 단어들은
해고나 이별 같은 부정적인 의미가 많다.
통보를 받는 사람의 입장일 때가 많고
그렇기 때문인지 이 단어가 주는 무서움이 있다.

또한 이 과정에서 받는 상처가 꽤 크기 때문에
마음을 잘 추슬러야 하며
그 시기가 올 때쯤엔 미리
마음의 준비를 해야 한다.

| 재회

가끔 그런 생각을 해본 적이 있다.
영화에서 자주 나오는 장면처럼
길을 가다가 우연히
첫사랑이었던 사람과 재회를 하면서
다시 만나게 되는 이야기.

혹시 내게도 펼쳐지지 않을까 하면서
기대했던 적이 있지 않던가?
현실에서는 둘과 공통된 지인의
결혼식 같은 장소가 아니라면
길에서 마주치더라도 한쪽만 알아보거나
아예 만나게 되는 일이 없을 확률이 높다고 한다.
그 기억들이 행복했거나 고통스럽든 간에
무의식적으로 그 사람과 같이

자주 갔던 장소들을 혼자서라도 가게 되면
함께 했던 기억이 떠오르게 되니까
방문이 꺼려져서 안 가게 된다고 한다.

그래도 그때를 대비해서
다른 곳에서 우연히 마주치고
서로를 알아보게 된다면,
건넬 인사말 정도는
준비하고 있는 게 좋다.

| 극복

단어 자체만으로도 감동적이지 않은가?
악조건이나 고생 따위를 이겨낸다는 뜻으로 쓰이는데
전에는 그렇지 못했던 상태였더라도
지금은 그때보다 나아졌다는 걸 의미하니까.

'극복할 장애와 성취할 목표가 없다면
인생에서 진정한 만족이나 행복을 찾을 수 없다'라고
맥스웰 몰츠가 적었던 내용을 봤는데
확실히 트라우마 같은 경우를 극복한 사람들이
삶의 질이 굉장히 오르기도 했고
새로운 목표가 생겼다는 말을 많이 하는 거 보면
공감 가는 말이다.

트라우마까지는 아니어도

흔히 볼 수 있는 번아웃증후군이나

우울증, 불면증 같은 자신에게 있는

안 좋은 상태부터 하나씩 극복하려고 한다면

그 자체만으로도

오늘보다 나은 내일을 보낼 수 있다.

| 암시

부정적인 생각이 많이 들기 시작했을 때
자기암시를 시작했다.
긍정적인 생각을 하면서 스스로에게
'나는 이 시기를 이겨낼 수 있다.',
'나는 무슨 일이든지 할 수 있다.'
라며 거울을 보며 생각하기도 하고
마음속으로 반복적으로 되새기면서 생활하였는데
부정적으로 생각을 하던 나에게 있어
이러한 긍정적인 자기암시는 힘든 시기에
큰 도움이 되었다.

명상할 때와 비슷한 효과가 있다는 걸 알게 된 이후로,
하다 보니 스트레스나 불안감도 줄어들고
집중력이나 창의력이 올라가고

마음이 안정되는 느낌이 들었다.

어제의 나보다 오늘의 내가
점점 좋아지고 있다고 생각하면서
이런 씨앗을 마음에 심고 점점 가꾸어 나간다면
원하는 것을 이루기 위해 다가가는 발걸음으로써
큰 도움이 될 것이라고 믿는다.

| 질투

'당신이 평온과 행복을 찾는다면
누군가 질투할 수도 있다. 그래도 행복하게 살아가라'
마더 테레사가 했던 말 중 하나다.

질투는 사람이 기본적으로 갖고 있는 감정 중 하나다.
하지만 너무 과하게 되면
결국 자기 자신을 망치는 방향으로 돌아오고 만다.
늘 남과 비교하며 자신에게 없는 것을
다른 사람에게 찾게 되고
걱정거리를 만들게 되며
스스로 갉아먹게 되기 때문이다.

이건 마음의 병이기 때문에
성공하거나 잘 된 사람들의
부와 명성을 질투하기보다는
그들의 마음가짐이나 태도를 질투하는 게
나에겐 이로운 방향으로 작용할 것이다.

| 이별

살면서 누구에게나 이별의 순간이 찾아온다.
그건 사랑하는 사람이나 부모님과의
이별이 될 수도 있고
집에서 키우던 반려견이나 소중히 아끼던 물건,
친구와의 이별이 될 수도 있다.

이별에 익숙한 사람은 아마 존재하지 않는다고 본다.
나이가 아무리 많아도
오랜 시간 함께 해온 사람과의 이별은
익숙해지지 않으며, 마음속 깊이 새겨져
가슴속에 남는다.
많은 이별을 겪었다고 하더라도
그걸 견디는 것일 뿐이고
익숙해지는 것과는 좀 다른 것이라고 볼 수 있다.

사람들과의 만남보다
거리를 두면서 멀어지는 것에
점점 익숙해졌다고 생각했지만
실제로 소중했던 사람과의 이별이 다가오면
그 순간이 익숙해지지 않는다.

그래도 보내줘야 하겠지
같은 하늘 아래 있다고 한다면
어딘가에서 잘살고 있을 것이라고 여기고
저 하늘 너머 먼 곳으로 떠난 거라면
내 마음속에서나마 행복했던 모습으로
영원히 살아갈 것이라고.

| 신뢰

누군가한테서 전적인 신뢰를 얻기란
굉장히 어려운 일일지 모른다.
그 신뢰를 쌓기까지의 과정은 어렵고 힘들어도
무너지는 건 한순간이라, 깨져버린 유리처럼
무너져버린 신뢰는 다시는 되돌릴 수 없고
설령 회복한 것처럼 보인다고 해도
그렇게 연기를 하며 살아가는 척할 뿐이다.
억지로 신뢰를 이어 붙이려고 하는 과정에서
결국 서로 상처를 입게 될 것이며
오히려 더 크게 다치게 될지도 모른다.

그러면 스스로에게 가지는 신뢰는 어떨까?
자신에 대한 믿음이 확고하다면
중심을 잃지 않고 자신감을 가지고

세상을 살아갈 수 있게 되고

부러지지 않는 신념을 가질 수 있게 되며

앞으로 남은 인생에서 굳건한 기둥이 되어줄 수 있다.

| 불행

'인간이 불행한 것은
자기가 행복하다는 것을
알지 못하기 때문에 불행한 것이다.'
라고 도스토옙스키가 말했다.

자신이 행복하다는 걸 알고, 그걸 믿는다면
정말 행복할 수 있는 것일까?
내가 행복한 줄 모르고
남의 시선을 의식해서 행복한 척을 하게 되면
온전히 본인이 얻은 행복이라고 말하기 어렵다.
남이 보기에 행복해 보여도
결국 자신이 그렇게 생각하지 않으면
행복한 게 아닐 테니까

불행이 다가온다고 해서
피하거나 도망치고 굴복해서는 안 되며
극복하고 헤쳐 나가야만 한다.
자신에 대한 믿음은 곧
행복과 불행을 결정할 수 있다는
의미의 표현이라고 본다.

| 외로움

외로움을 느끼는 시기는
사람마다 개인차가 있지만
결국 누구에게나 찾아온다.
자신은 외로움을 안 느낀다고 말하더라도
좀 무뎌져 있는 것뿐이라고.

혼자라서 문제가 되는 것일까
사람들은 저마다 외로움을 안고 살아간다.
그리고 자신만의 외로움과 함께
그 시간을 버틴다.
아마 죽을 때까지 외로움과 싸워야 할지도 모른다.
인생이란 결국 자기 자신과
외로운 싸움을 하는 것이기에
누가 옆에 있더라도 외롭지 않은 것은 아니다.

혼자 있는 시간에 적응해 가며

그렇게 고독과도 친한 친구가 된다.

| 용기

어떤 일을 시작하기 위해서는
반드시 용기가 필요하다.
행복해지기 위해서도 용기가 필요하고
무언가에 도전을 하기 위해서도 용기가 필요하고
사랑을 하기 위해서도 용기가 필요하다.

실패할 것에 두려움을 느끼더라도
그걸 넘어서고 다음번에
다시 올지도 모르는 기회를 잡기 위해서
두려움에 맞서고 저항을 해야 한다.
무너진다고 하더라도 다시 일어나기 위해
자신에 대한 믿음을 가지고
끝까지 용기를 잃지 않는다면
어떤 일도 시도해 볼 수 있을 테니까.

| 허무

허무하다고 느낄 때는 언제일까?
퇴근 후에 집에 돌아와서 텅 빈 방 안에
혼자 들어와 '오늘 하루도 끝났구나' 생각할 때일까
아니면 인간관계에 회의감을 느끼고
허무함을 느낄 때일까?
매일 쳇바퀴 돌듯이 비슷한 하루를 살며
정해진 일들을 처리하고 사는 것을
반복하다 보면, 나름 열심히 살아왔다고
생각해 왔어도 뭔가 모든 것이
종종 허무하다고 생각될 때가 있다.

인생은 고난과 고통으로 가득하지만
그럼에도 우리는 살아가야만 한다.
니체는 '목표가 결여되는 삶을 살게 됨으로써

허무주의에 빠진다'라고 말했다.

소소한 거라도 내가 하고 싶던 것들이나

삶의 목표를 세우고, 긍정적인 자세를 가지도록

의식해서 마음을 달리 먹는다면

허무함이 점점 없어지며 나아지지 않을까.

| 충고

사람들은 너무 쉽게 남에게
충고하려고 한다.
그 사람에 대해 많은 걸 아는 게 아닌데도
단지 그 순간에 자신의 답답함을 해결하기 위해.

충고는 필요한 상황에 매번 하는 게 정말 좋은 걸까?
나는 상대방을 위한다고 충고했다고 생각하지만
듣는 사람은 아니라고 생각할 수도 있다.
그 사람이 먼저 요청을 하면 모를까
그냥 내가 말하고 싶을 때 하는 충고는
충고가 아니니까, 그럴 땐 차라리
밥이나 커피 한 잔을 사주는 게 낫다.

| 소망

가슴속에 작은 소망을 품고 사는 사람들은
많은 걸 바라지 않는다.
억만장자나 명성을 얻는다는 거창한 이유가 아닌,
오늘도 무사히 보낼 수 있게 해달라거나
비가 안 오게 해달라는 부탁 같은
소소한 바람을 가질 뿐이다.

간절한 소망을 담아
그게 이루어질 것이라 믿고 행동한다면,
그렇게 사람들의 작은 소망들이 모이고 모여
현실에서 모두의 소망이 정말로 이루어지기를

| 절제

의식하려고 하지 않아도 일상에서
절제하며 사는 사람들이 많다.
음식을 먹을 때 살이 찔까 봐
더 먹을 수 있는데도 적당히 먹고
가지고 싶은 물건을 구매하려다가도
비싼 가격에 다음번을 기약하며 내려놓기도 한다.

그렇다면 반대로 이렇게 생각을 해보면 어떨까?
더 먹고 싶은데 못 먹어서 아쉽다기보다는
먹지 않았기에 살이 더 안 찔 수 있었고
물건을 구매하지 않았기에
돈을 절약하고 더 모을 수가 있었다고.

오스카 와일드는

'자기 자신을 자제하는 사람은

그가 즐거움을 찾아낼 수 있는 만큼

쉽게 슬픔을 이겨낼 수 있다'라고 말했다.

이렇게 절제의 즐거움을 알게 되면

삶에도 활기를 불어넣어 줄 수 있다.

| 순응

순응할 줄 아는 법을 배우기까지
꽤 긴 시간이 걸렸다.
애써 힘들게 버티더라도 결국
풀리지 않고 안 될 일이 있더라.
그 흐름을 거스를 수 없을 때엔
그냥 흐름에 몸을 맡기고
그걸 인정하고 순응할 줄 알게 되었다.

안 될 일을 전부 되게 할 순 없으며
그럴 수도 있다고 받아들이는 자세가
인생을 살아가는 데 꼭 필요하다.

| 성공

성공했다는 기준이란 무엇일까?

단순히 돈이 많은 부자가 되거나

유명해진다면 성공했다고

다른 사람들에게 인정받을 수 있는 것일까?

인생은 게임처럼 실패했다고 해서

저장한 지점에서 다시

시작하거나 불러올 수 없으니

행동에 대한 결과도 감당해야만 한다.

성공이란 결국 실패를 계속하더라도

끊임없이 도전할 수 있는 열정을 말하는 것이 아닐까

그렇기에 우선 거대한 성공을 노리기보다

사소한 성공을 목표로 잡고 단계적으로 올라가면

자신감이 쌓이면서 포기하지 않는 열정을
얻게 될 수 있다.

| 불안

불안해하지 않으려고 의식해도
사람들은 거의 모든 일에 대해
불안을 떨칠 수가 없다.
아직 다가오지 않은 미래에 대해서
항상 불안해하기도 하고
일어나지도 않은 일을
벌써 일어난 일인 것처럼 걱정하기도 한다.

하지만 그렇게 불안해하며 시간을 기다려도
대부분의 일은 해결되지 않고
나의 바람과는 다른 결과가 나오는 경우가 많다.
그렇기 때문에 그런 가정을 하는 것보단
그냥 잔잔한 클래식 음악을 들으며
마음에 강과 같은 평화를 얻는 것이 낫다.

| 설득

설득이란 사전적인 의미로는
'상대편이 이쪽 편의 이야기를
따르도록 여러 가지로 깨우쳐 말함'
이라는 뜻을 가지고 있다.

하지만 사실 여기서 생략된 게 있는데,
무작정 상대방을 설득하려고만 하면 그 과정이
굉장히 어렵고 대화가 안 통할 확률이 높아서
설득을 하기 전에 상대방의 말을 먼저 들어주고
그 의미를 이해하는 것부터 시작해야 한다.
상대의 말에 먼저 귀를 기울여야
나의 말도 귀를 기울여서 들어줄 수 있으니,
꼭 거친 말이나 행동을 쓰지 않더라도
부드러운 태도를 유지하며

상대방의 감정을 자극해야 한다.

때로는 논리적인 말로 인한 설득보다

감성을 더 자극해야 납득시킬 수 있으니까.

| 운명

사람의 운명은 자신이 마음먹은 대로
선택의 결과들이 모여 이루어진다고 한다.
하지만 사람들은 선택에 대해 두려움을 자주 느낀다.
자기가 진정으로 뭘 하고 싶었던 지에 대한 의문과
보이지 않는 미래에 대한 공포, 그리고
선택하게 됨으로써 그로 인해 나타날 결과에 대해.

행복과 불행, 슬픔은 모두 운명에 달렸다고 생각하지만,
결국 우연이 아닌 선택이 운명을 결정하고
결정하는 것은 오로지 자신이기 때문에
무언가를 성취하기 위해선
흔들리지 않고 망설이지 않는
그런 마음이 필요하다.

| 미소

현대를 살아가기 위해서는
흔히 말하는 영업용 미소가 꼭 필요하다.
그 미소 안에 가려진
슬픔과 눈물을 보지 못하더라도
겉으로 보이는 미소만으로 사람들은
미소를 짓는 사람이 인상이 좋다거나
유쾌하고 즐거운 사람이라고 생각하는 경우가 많다.

많은 사람이 마음의 미소를 잃어버린 채
영업용 미소를 지으며 살아가고 있는 세상에서
진정으로 누군가에게
따듯한 한마디를 건넬 수 있다면
그 사람에게 거짓된 미소가 아닌

진정한 마음의 미소를 한 번쯤은
짓게 해줄 수 있을테니까.

| 낙오

인스타그램 같은 SNS에서
자신의 주변에 잘 나가는 지인이나
광고에 나오는 연예인들을 보면서
자신이 낙오된 것 같은 느낌을 받은 적이
한 번쯤은 있지 않았던가?
'내 삶은 왜 이런 걸까?'
'왜 항상 돈에 쪼들리며 살아야 하는 거지' 등의
고민을 하거나, 그들의 좋은 집과
자신이 사는 곳을 비교하고 한탄하기도 한다.

하지만 상대적 박탈감을 느낀다고 해서
너무 자신을 비하하거나 부정적으로
생각할 필요까지는 없다고 생각한다.
아직 나에게도 많은 시간이 남아있고

남들보다 뒤처져서 낙오된 것처럼 보여도
속도가 좀 느려 보일 뿐
한 걸음씩 천천히 나아가고 있는 것이라고,
천천히 가고 있기 때문에
좀 더 자세히 보이는 것도 있다고.

바람이 부르는 곳

초판 1쇄 발행 2024년 8월 21일
초판 1쇄 인쇄 2024년 8월 21일

지은이   이상현

디자인   포레스트 웨일
펴낸이   포레스트 웨일
펴낸곳   포레스트 웨일
출판등록   제2021 - 000014 호
주소   충남 아산시 아산로 103-17
전자우편   forestwhalepublish@naver.com

종이책   979-11-93963-34-0

작가님들과 함께 성장하는 출판사
포레스트 웨일입니다.
작가님들의 소중한 원고를 받고 있습니다.
forestwhalepublish@naver.com